Das Leben und seine Überraschungen

Man kann sich mit den Personen identifizieren, als wären es Bekannte!

Silvia Berrenrath

Man kann sich mit den Personen identifizieren, als wären es Bekannte!

Gewidmet wird das Buch an meine Omas, Tante Renate W., meine Mutter und Schwiegermutter, meine 2 Schwestern und Tanja!

Silvia Berrenrath

Das Leben und seine Überraschungen

Man kann sich mit den Personen identifizieren, als wären es Bekannte!

Illustration: **Silvia Berrenrath**

Herstellung und Verlag:
BoD - Books on Demand, Norderstedt

ISBN: 978-3-7460-8128- 1

3 Frauen verschiedenen Alters und Lebensumständen, haben alle mehr oder weniger ihre Päckchen zu tragen. Nele, Frauchen von Rudy startet in ihr neues Leben. Iris, eine alleinerziehende Mutter, immer im Stress. Brigitte, Ende 50, sagt was sie denkt und genießt die restlichen Jahre bis zu ihrer Rente. Während Brigitte und Iris auf ihr tägliches Highlight warten, hat Nele mit der Umstellung in ihr neues Leben zu kämpfen.

Kapitel 1

So, mein Schatz noch 50 km, dann sind wir in der neuen Heimat. Was hältst Du von einem Päusschen?" Nele steckt mit ihrem Kopf in der offenen Beifahrertür.

Den Po und 1 Bein soweit ausgestreckt, auf High Heels, dass sie jeden Moment umkippen müsste, denkt sich Brigitte und muss bei dem Anblick direkt schmunzeln.

So was erlebt man auch nur einmal.

In dem Moment springt ein Labrador aus

dem Auto. Wie soll es anders sein? Rudy

springt Nele um und sie landet mitten in

einer Matschpfütze.

Sie brüllt: "Ruuuuuudy, man, ...!"

Jetzt kann Brigitte nicht mehr und prustet

los. Sie fängt lauthals an zu lachen. "Ist

das schön, das ist besser als Zeitung

lesen!" Jetzt legt sie erst mal die Zeitung

an Seite, lehnt sich zurück und guckt sich

das Spektakel weiter an.

In einem Affenzahn sprintet der Hund an

Brigitte vorbei. Sie schaut noch dem Hund

hinterher, da hört sie das Frauchen von

Rudy wieder brüllen: "Ruuuuuy, man, ...!"

Nele kommt auf Brigitte zugelaufen.

"Haben sie meinen Hund gesehen?"

Brigitte muss wieder loslachen und zeigt

nur in Richtung Feld, worin der Hund

verschwunden ist.

Dann ruft sie hinter

Nele her: "Mit flachen Schuhen und Leine

ist das bestimmt alles einfacher!"

Nele zeigt ihr nur den Mittelfinger und

verschwindet ebenfalls im Feld.

"Ganz schöne Kratzbürste die junge Frau,

was?" Sagt der Kellner kopfschüttelnd.

"Meine Liebe du möchtest bestimmt

zahlen? Das macht dann 12 €"

Brigitte holt das Geld heraus und gibt es

dem Kellner: "Stimmt so, bis zum

nächsten Mal."

Sie steigt ins Auto und macht sich auf

dem Weg nach Hause. Brigitte dreht die

Musik laut auf und schmunzelt: "Nicht das

ich den sexy Nachbar wieder verpasse!"

Als Brigitte auf den Parkplatz fährt, sieht

sie Iris auf dem Balkon stehen. Sie ist

heftig mit den Armen am herumfuchteln.

Als Brigitte auf den Parkplatz fährt, sieht

sie Iris auf dem Balkon stehen. Sie ist

heftig mit den Armen am Herumfuchteln.

"Ohje da wird wieder diskutiert." Murmelt

Brigitte vor sich hin.

"Hey Brigitte!" Brüllt Iris, "kommste rüber?

Sekt steht schon kalt" Brigitte winkt rüber

"Ich brauche erst mal eine Dusche, dann

bin ich gleich. Ich bin ja gut in der Zeit"

zwinkert Brigitte Iris zu. Iris lacht. "Da hast

du recht alte Lady!"

Brigitte ignoriert das und denkt sich nur,

warte ab du Miststück.

Kapitel 2

B

rigitte bleibt vor Iris Wohnungstür stehen
und lauscht erst mal. Sehr schön alles
ruhig, kein Krach. Dann schmeckt der Sekt
auf dem Balkon direkt umso besser.
Sie schließt die Türe auf und geht
schnurstracks Richtung Balkon.
Iris ruft. "Ey, bring den Sekt mit, ich sitze
gerade so bequem!"
Brigitte stänkert zurück: " so viel zum
Thema alte Lady du Miststück!" Sie lässt
sich neben Iris auf die Sonnenliege fallen.

"Flasche machst du aber auf!" Befehlt
Brigitte.

"Aaaah." Brigitte rückt die Sonnenbrille
Richtung Nasenspitze. "Das Highlight des
Tages ist schon auf dem Weg!" Sagt
Brigitte verzückt.

Schon von weitem sieht man das eng
anliegende Muskelshirt, was Thomas an
hat. "Mhhhm, ich liebe dieses
Muskelshirt!" Schwärmt Iris. "Ich verstehe
einfach nicht, wie so ein gut aussehender
Mann, Single sein kann!" Schwärmt Iris
weiter. Brigitte lacht: "Naja oder er ist
schwul! Aber er ist schön anzusehen. Da
freut man sich jeden Abend drauf!"

"Ach Brigitte, du hast immer so ein Talent,
die schönen Tagträume schlecht zu reden"

sagt Iris beleidigt.

Thomas ist inzwischen am Balkon

angekommen. "Guten Abend meine

Damen, ich hoffe ihr hattet einen

angenehmen Tag!"

Ohne auf eine Antwort

zu warten, geht Thomas weiter. Wie jeden

Abend, denkt sich Iris.

Iris und Brigitte lehnen sich gleichzeitig

auf ihren Liegen zurück und fangen an

über Gott und die Welt zu tratschen.

Nele hält an der Kreuzung und guckt in

den Rückspiegel. "Jetzt schnarchst du vor

dich hin, du blöder Hund. Aber ich liebe

dich trotzdem Rudy. Noch ein paar

Kilometer und wir haben es geschafft."

Sie fährt in eine Hochhaussiedlung und

denkt sich nur. Gut das ich Rudy habe.

Naja, Hauptsache erst mal ein Dach über

dem Kopf. Naja, Hauptsache erstmal ein
Dach über dem Kopf.

Gedankenverloren sucht Nele einen

Parkplatz und rammt einen Pfeiler.

"Schöne Scheiße, auch das noch. Was soll

denn heute noch alles passieren?" Nele

möchte gerade aussteigen, da springt

Rudy wie selbstverständlich wieder an ihr

vorbei. "Ruuuuudy, du verdammter Hund,

man....."

Brigitte guckt total entsetzt Richtung

Parkplatz. "Das darf doch nicht wahr sein.

Iris, das ist die Olle mit den High Heels

und dem Hund, was ich dir eben erzählt

habe!"

Nele rennt hinter Rudy her und guckt zufällig Richtung Balkon, wo Brigitte und Iris dem Treiben amüsiert zugucken. "Nee oder?" Motzt Nele. "Die alte Schachtel mit den klugen Tipps. Ich hatte gehofft, dass wir uns nicht mehr wiedersehen!"

Brigitte ruft hinter ihr her. "Das habe ich auch gehofft, blöde Kuh."

"Na das kann ja heiter werden." Lästert Iris. "Komm alte Lady wir gehen rein. Das Essen ist gleich fertig. Draußen bekomme ich heute nichts mehr runter."

Brigitte nickt und geht hinter Iris her. "Sag mal Iris, ist hier irgendwo eine Wohnung frei, wovon ich nichts weiß?" Iris zuckt mit den Schultern. "Nee, nicht das ich wüsste."

Die nächsten Tage war alles ruhig. Brigitte

und Iris und haben schon gar nicht mehr
an Ruuuudy gedacht. Die 2 Treffen sich
wie jeden Abend auf dem Balkon. Dann
sehen sie Nele und Rudy auf der Wiese
sitzen.

Weil sie schon von weitem Thomas und
seinen Kumpel Patrick sehen, schenken
sie Nele und Rudy keinerlei Beachtung
mehr.

Thomas und Patrick haben es eilig. Iris
und Brigitte bilden sich kurz ein, dass die
beiden auf sie zulaufen.

Thomas fällt Nele in die Arme und drückt
sie Minuten lang. Patrick legt seine Arme
um beide und sagt. "Meine beiden
Schnecken endlich wieder vereint!"
Brigitte und Iris trauen ihren Augen und

Ohren nicht. Iris nimmt einen großen
Schluck Sekt und ist sprachlos. Nach 5
Minuten schweigen sagt Brigitte. "Okay,
jetzt muss ich mir erst mal Notizen
machen." "Was musst du? Ich verstehe nur
Bahnhof!" Fragt Iris irritiert.

Brigitte holt Zettel und Stift. "Pass auf
meine liebe.

Dieses Rudy Frauchen kommt hier her. Sie
hat nichts außer Kartons, Klamotten und
den Rudy dabei.

Patrick freut sich, dass die beiden
Schnecken wieder vereint sind.

Also kann das ja nur heißen, dass Thomas
und Rudys Frauchen ein Pärchen sind und
sie bei ihm eingezogen ist.

Dann wird wohl nur Patrick schwul sein,

wenn er die beiden als seine Schnecken bezeichnet. Wir müssen uns wohl ein anderes Highlight suchen."

Verwirrt gucken sich die beiden die Notizen an.

Iris sagt: "Jetzt werde ich mich erst recht auf den Balkon setzen und Thomas angaffen. Was hat sie was ich nicht habe?" Beleidigt mustert sich Iris im Spiegel und entdeckt wieder ein Fettpölsterchen. "Das muss dringend wieder verschwinden." motzt Iris vor sich hin.

Die nächsten Tage lässt Iris Nele nicht aus den Augen. Sie hofft das sie irgendein Fehltritt mitbekommt, um diesen dann Thomas mitzuteilen. Aber nichts. Nele ist nicht mehr gestresst. Sogar Rudy hört auf einmal, als wäre er ein anderer Hund.

Iris sitzt enttäuscht auf dem Sofa und isst

1 Stück Schokolade nachdem anderen.

Brigitte setzt sich dazu und sagt: "Da

wunderst du dich über ein

Fettpölsterchen? Sei froh das es bei so viel

Schokolade nur eins ist." "Blöde Kuh!"

Murmelt Iris. Dabei hat die alte Lady ja

leider recht. Aber mein gebrochenes Herz

braucht jetzt nun mal Schokolade. Auch

wenn ich genau weiß, dass ich das

morgen früh auf der Waage wieder

bereuen werde. Naja shit happens.

Iris schiebt sich demonstrativ noch die

letzten Stücke Schokolade in den Mund.

"Und geht es dir jetzt besser Iris?" Fragt

Brigitte besorgt. "Ach es muss ja. Das

Frauchen scheint perfekt zu sein. Mir ist kein Fehler aufgefallen." Sagt Iris missmutig und weinerlicher Stimme.

"Komm in meinem Arm Süße." Brigitte nimmt Iris in den Arm. Langsam beruhigt sich Iris wieder.

Nach einer Woche geht es mit Iris wieder aufwärts. Sie hat sich damit abgefunden, obwohl ihr der schwule Thomas lieber gewesen wäre.

"Das Leben ist kein Ponyhof. Finde dich damit ab." Sagt Iris zu sich selber.

Kapitel 3

Brigitte und Iris kommen gut gelaunt vom Schwimmbad zurück. Auf einmal steht Nele vor ihnen und stoppt die 2. "Hey." Druckst Nele herum. "Ich soll euch fragen, ob ihr heute Abend zum Grillen kommt. Patrick kommt auch. Thomas meinte, ich soll euch fragen." Erzählt Nele in einem abfälligen Ton weiter.

Iris möchte gerade dankend ablehnen, da bekommt sie einen Seitenhieb von Brigitte. "Wir kommen gerne, zumindest wegen Thomas und Patrick. Ach ja und

wegen Rudy, der kann ja nichts für sein

Frauchen. Nicht wahr Rudys Frauchen?"

Brigitte schaut Nele fragend an. Den

Namen wissen Iris und sie bis heute nicht.

"Jaja, ich bin Nele." Sagt sie motzend

während sie sich umdreht und geht.

"Mein Gott ist die patzig. Wie hält Thomas

das nur mit ihr aus?" Fragt sich Iris. In

dem Moment fällt ihr auf, dass sie laut

gedacht hat. Brigitte grinst sie nur frech

an. "Ich freue mich auf heute Abend. Die

beiden Zicken an einem Tisch und der

Rudy mittendrin. Vielleicht sollte ich

meine Cam zum Filmen einpacken!" Sagt

Brigitte amüsiert.

Am Abend holt Brigitte Iris pünktlich ab.

Iris druckst rum. "Bitte alte Lady, lass mich zu Hause. Sonst kannst du heute noch ein Beerdigungsinstitut anrufen." Brigitte hat keine Lust zu diskutieren und schiebt Iris weiter Richtung Thomas Wohnung. "Reiß dich zusammen, du benimmst dich schlimmer als deine pubertierende Tochter!" Motzend geht Iris weiter und stellt sich mit verschränkten Armen vor die Wohnungstür.

Thomas macht die Tür auf. "Guten Abend die Damen, kommt herein." Und schon ist er wieder verschwunden, weil die Eieruhr in der Küche piept. Brigitte und Iris lachen und sagen. "Alles wie immer, nur sonst auf dem Balkon".

Patrick ruft die beiden vom Balkon aus,

dass sie durchkommen sollen. "Schiebt den Rudy einfach an Seite. Er ist groß,

aber total lieb. Er denkt, dass er so klein ist wie ein Dackel." Patrick lacht. Iris und Brigitte machen 2 große Schritte über Rudy hinweg und haben es auf den Balkon geschafft.

Thomas kommt mit den Salaten hinterher.

"Dann können wir eigentlich schon Essen, wenn ihr auch schon Hunger habt?"

Brigitte freut sich. "Ohja, ich habe heute extra nur gefrühstückt. Ich setze mich einfach mal."

"Wo steckt denn Nele schon wieder? Das soll doch ihr Einstand sein?" Fragen sich Thomas und Patrick. In dem Moment hört man Türen knallen. "Ahja, da kommt sie." Sagt Thomas. "Nele komm her und setz dich, die beiden Damen beißen nicht!"

Nele verdreht die Augen und setzt sich an

das andere Ende vom Tisch. Iris mustert

Thomas und Nele und denkt sich:

komisch, wie ein Pärchen kommen die

beiden mir aber nicht vor. Da albern

Thomas und Patrick eher wie ein Pärchen

rum.

Als alle mit dem Essen fertig sind,

verdrückt sich Nele ziemlich schnell in ihr

Zimmer. Brigitte und Iris gucken sich

schweigend an. "Es tut mir leid, aber ich

muss das jetzt fragen. Wie ist denn jetzt

die Situation zwischen euch Dreien?

Irgendwie ist das alles etwas merkwürdig?"

Fragt Brigitte.

Patrick muss erst mal lachen.

Thomas antwortet: "Mit der Frage haben wir schon gerechnet. Also: Nele ist meine Schwester. Patrick ist mein Exfreund. Und nein, ich bin nicht schwul. Ich stehe auf Frauen und Männer. Ich bin Single, aber glücklich und habe keine Lust auf Beziehung. Sind damit alle Fragen geklärt?"

Brigitte und Iris nicken.

"Sehr schön, dann kommen wir jetzt zum gemütlichen Teil. Lust auf Wein?"

Antwortet Patrick. Alle stimmen zu und verbringen noch einen gemütlichen Abend auf dem Balkon.

Am nächsten Nachmittag reden Brigitte und Iris über den gestrigen Abend. "Also es war ja ein schöner Abend. Aber was ich von Nele halten soll, weiß ich immer noch nicht." Sagt Brigitte. "Aber sie wird schon einen Grund haben, dass sie so ist." Iris stimmt Brigitte zu: "Ja einen Grund wird sie haben!"

Kapitel 4

Die nächsten Wochen vergehen wie im Flug.
Brigitte hat Iris und die Kinder zum
Flughafen gefahren. Jetzt sitzt Brigitte in
ihrer Wohnung. Es ist so ungewohnt ruhig,
denkt sie sich. Wenn die Drei im Haus
sind, kann es Brigitte nicht ruhig genug
sein. Bei dem Gedanken muss sie lachen.
Naja, sie hätte auch mitfliegen können.
Aber 3 Wochen mit Iris und den Kindern?
Nein, das würde nicht gut gehen.
Auf einmal klingelt es an der Tür. Brigitte
guckt durch den Spion. Sie schaut weg

und guckt noch mal durch. Tatsache, da

steht Nele vor der Tür. Brigitte überlegt
kurz, ob sie in letzter Zeit Nele ein Spruch

gedrückt hat? Nein, da war nichts.

Brigitte macht die Tür auf. "Na so was, wie

komme ich denn zu der Ehre Rudys

Frauchen?" Nele wirkt diesmal sehr

schüchtern, als sei es ihr unangenehm:

"Darf ich bitte reinkommen? Ich muss dir

etwas sagen." Brigitte geht 1 Schritt zur

Seite und lässt Nele herein.

Als sie beide einige Zeit schweigend auf

dem Balkon sitzen, fängt Nele an zu

erzählen.

"Zuerst möchte ich mich für meine

pampige Art entschuldigen. Die letzten

Monate waren leider sehr hart für die Menschen um mich herum, und für mich selber leider auch. Ich bin vor meinem noch Ehemann geflüchtet. Er hat mich nur noch verbal und körperlich fertiggemacht. Deswegen hatte ich auch nicht viele Sachen dabei. Ich wollte nur noch aus der Hölle raus. Ich musste die letzten Monate erst mal zur Ruhe kommen und begreifen, dass mit anderen Menschen ein normaler Umgangston herrscht. Das habe ich gar nicht mehr gemerkt, wie ich die letzten Jahre am Reden war. Das soll keine Entschuldigung für meine pampige Art sein. Ich möchte nur, dass du Bescheid weißt. Vielleicht kannst du auch Iris die Situation erklären.

Ich hoffe, ihr könnt mir das irgendwann
verzeihen. Ich gehe jetzt wieder. Dann
kannst du erst mal alles sacken lassen. Ich
hoffe bis bald!"

Bevor Brigitte etwas sagen kann, ist Nele
schon durch die Wohnungstür
verschwunden. Na das schnelle
verschwinden muss in der Familie liegen,
grübelt Brigitte.

Armes Mädchen, so jung und schon so
schlechte Erfahrungen gemacht.

Die nächsten Wochen vergehen wie im
Flug. Brigitte und Nele nähern sich an. Sie
reden viel über die Vergangenheit.

Als Brigitte die Urlauber vom Flughafen
abgeholt hat, bringt Brigitte Iris auf den
neusten Stand.

Iris ist sehr geschockt. "Die Arme, und ich dachte, sie wäre einfach nur eine blöde Zicke."

Am nächsten Tag reden die 3 stundenlang. Am Nachmittag sitzen sie nicht mehr zu zweit auf dem Balkon, nein Nele ist in den Kreis mit aufgenommen worden, um schöne Menschen zu beobachten.